Hola, miembros de la familia:

Aprender a leer es uno de los logros más importantes de la pequeña infancia. Los libros de ¡*Hola, lector!* están diseñados para ayudar al niño a convertirse en un diestro lector y a gozar de la lectura. Cuando aprende a leer, el niño lo hace recordando las palabras más frecuentes como "la", "los", y "es"; reconociendo el sonido de las sílabas para descifrar nuevas palabras; e interpretando los dibujos y las pautas del texto. Estos libros le ofrecen al mismo tiempo historias entretenidas y la estructura que necesita para leer solo y de corrido. He aquí algunas sugerencias para ayudar a su niño antes, durante y después de leer.

Antes

- Mire los dibujos de la tapa y haga que su niño anticipe de qué se trata la historia.
- Léale la historia.
- Aliéntelo para que participe con frases y palabras familiares.
- Lea la primera línea y haga que su niño la lea después de usted.

Durante

- Haga que su niño piense sobre una palabra que no reconoce inmediatamente. Ayúdelo con indicaciones como: "¿Reconoces este sonido?", "¿Ya hemos leído otras palabras como ésta?"
- Aliente a su niño a reproducir los sonidos de las letras para decir nuevas palabras.
- Cuando necesite ayuda, pronuncie usted la palabra para que no tenga que luchar mucho y que la experiencia de la lectura sea positiva.
- Aliéntelo a divertirse leyendo con mucha expresión... ¡como un actor!

Después

- Pídale que haga una lista con sus palabras favoritas.
- Aliéntelo a que lea una y otra vez los libros. Pídale que se los lea a sus hermanos, abuelos y hasta a sus animalitos de peluche. La lectura repetida desarrolla la confianza en los pequeños lectores.
- Hablen de las historias. Pregunte y conteste preguntas. Compartan ideas sobre los personajes y las situaciones del libro más divertidas e interesantes.

Espero que usted y su niño aprecien este libro.

—Francie Alexander
Especialista en lectura,
Scholastic's Learning Ventures

A John
—D.M.

Originally published in English as
The Day the Dog Said, "Cock-a-Doodle-Doo!"

Traducido por Susana Pasternac

ISBN 0-439-07164-X

Copyright © 1997 by David McPhail.
Translation copyright © 1999 by Scholastic Inc
All rights reserved. Published by Scholastic Inc.
SCHOLASTIC, MARIPOSA, HELLO READER!, CARTWHEEL BOOKS, and associated logos are trademarks and/or registered trademarks of Scholastic Inc.

Library of Congress Cataloging-in-Publication Data available.

12 11 10 9 8 7   4 5 6 7 8/0

Printed in the U.S.A.   23

First Scholastic Spanish printing, June 1999

El día que el perro dijo, "¡Quiquiriquí!"

por David McPhail

¡Hola, lector! — Nivel 2

SCHOLASTIC INC.
New York Toronto London Auckland Sydney

Los animales conversaban en un
hermoso día de sol.

—¡Qué calor hace!
—dijo el pato—. ¡Cuac!

—Sí, mucho
—dijo el ganso—.
¡Honk!

—¡Mu! Quizás llueva —dijo la vaca.

—¡Ojalá! —dijo el cerdo,
cuyo charco de barro se
estaba secando—. ¡Oink!

—Con la lluvia salen las mejores
lombrices —dijo el gallo—.
¡Quiquiriquí!

El perro le ladró al gallo:

—¡Cállate ya! ¡Estoy tratando de dormir! ¡Guau!

—No puedo —dijo el gallo—. ¡Soy el gallo y los gallos dicen quiquiriquí!

Justo
entonces,
un fuerte viento
pasó por el corral
y una nube de polvo
lanzó a los animales
dando vueltas por el aire.

Luego, el viento se calmó.

—¿Están todos bien?
—preguntó el pato—.
¡Mu!

—Yo estoy bien
—dijo el ganso—.
¡Oink!

—Yo, también —dijo la vaca—.
¡Cuac!

—Lo mismo
yo —dijo el
cerdo—.
¡Honk!

—Perdí unas cuantas plumas
—dijo el gallo—. ¡Guau!

—Qué lindo suena —le dijo el
perro al gallo—. ¡Quiquiriquí!

—¡Qué lindo suena tu voz! —le
dijo el gallo al perro.

—Yo pienso que el pato suena encantador —dijo la vaca.

—El ganso suena aún mejor —dijo el cerdo.

—La vaca es la que mejor suena —dijo el pato.

—¡El cerdo es el mejor de todos! —dijo el ganso.

Estaban tan distraídos conversando
que no vieron que el cielo oscurecía.

Entonces, otra vez un fuerte
viento pasó por el corral y una
nube de polvo lanzó a los
animales por el aire.

Cuando el viento se calmó,
comenzó a llover suavemente.

Nadie dijo una palabra.

Entonces el pato dijo:

—Creo que iré a nadar. ¡Cuac!

—Espérame —dijo el ganso—.
¡Honk!

—¡Mu! —dijo la vaca—.
Me voy al prado a comer
pasto.

— ¡Oink! —dijo el cerdo y se revolcó
feliz en su nuevo charco de barro.

—En cuanto a mí —dijo el gallo—,
estoy invitado a una fiesta en
el gallinero. Hasta luego.
¡Quiquiriquí!

—¡Guau! —dijo el perro—. Es
hora de dormir la siesta.

El corral se quedó en silencio.
Sólo se escuchaban las gotas de
lluvia, el cacareo de las gallinas...

y los ronquidos de un perro.